KB130798

바람꽃

바람꽃

—

초판 1쇄 2021년 7월 30일
지은이 유준화
펴낸이 김영재
펴낸곳 책만드는집

—

주소 서울 마포구 양화로3길 99, 4층 (04022)
전화 3142-1585·6
팩스 336-8908
전자우편 chaekjip@naver.com
출판등록 1994년 1월 13일 제10-927호
ⓒ 유준화, 2021

—

* 본 도서는 충청남도, 충남문화재단의 후원으로 발간되었습니다.

—

ISBN 978-89-7944-767-5 (04810)
ISBN 978-89-7944-354-7 (세트)

책 만 드 는 집　시 인 선 1 7 4

바람꽃

유준화　시집

책만드는집

시가 좋아서 시 시 하며 살다 보니
한숨 같은 푸념이라 부끄럽지만
어쩐다니, 그 또한 내가 지나온 발자국인걸
오늘도 금강 변에서 흔들리는 들꽃들의
보고 싶었다는 그 말들이 너무 아프다

2021년 7월
유준화

| 차례 |

2부   구층탑을 쌓는다

3부   순대국밥

4부　　상처

5부   못질

1부

꽃

유인도

바다가 있고 바다 위에 섬이 있다
어머니라는 바다에서
탯줄을 끊고 세상에 태어난 날
나는 혼자 떠 있는 섬이 되었고
당신도 혼자 떠 있는 섬이 되었을 것이다
절벽을 세우지 말고
태풍에 흔들리지 말라 했다
섬과 섬끼리 만나는 일은
내 섬에 당신이라는 꽃나무를 심는 일이다

새장가 가는 날

누가 허공에서 꽃잎을 뿌린다
예식장에서 신랑 신부 함께 퇴장할 때
뿌려주는 꽃잎
오늘은 장곡사 가는 국도, 미당 가는 길에서
볼 장 거의 다 본 늙은 부부가 가는데도
뿌려준다
천지 사방 가득하게 날리는 버찌 꽃잎
오늘 나는 새장가 가는 날이다

황무지에도

찬 서리 내리고
돌개바람 지나간 자리
동파된 발자국 위
어두운 하늘에도 별은 떠 있어
포기하지 마라
기다리다 보면 남풍이 불어
아픔 속에도 꽃은 핀다

목숨 건 사랑
－영화 〈천녀유혼 : 인간정〉을 보며

꽃차를 마시니
목숨 바친 꽃잎의 사랑, 혀끝에 감기네

귀신도 울리는 사랑을 보았네
남자의 정기를 마셔야 목숨 부지하고
남자의 정기를 마셔야 인간으로 환생할 수 있는
천 년 묵은 요괴, 소천
과거를 보러 가는 선비 영채신을 만나
가슴 태우네
절세미인이었던 소천이 요괴였음을 알고도
영채신과 소천은 사랑에 빠졌네

〈전설의 고향〉에나 영화, 드라마에
목숨 건 사랑은 있어도 지금은 옛이야기
산벚꽃 피는 먼 산속 이름 없는 폐가 어디쯤
내가 모르는 목숨 건 사랑이 숨어 있을지도 몰라

꽃차를 마시는데
꽃잎의 사랑 이야기가 귀에 들리네
네가 몰라서 그렇지, 그런 거 있어
네가 정말 몰라서 그렇지

백목련

과감히!
제 가죽을 찢고 드러내 놓고 있는
첫사랑을 기다리는 몸짓
하얀 곡선
허리부터 엉치까지 저 뜨거운 불꽃

꽃샘추위에 서리 맞을라
맞아 죽어도
그냥 좋은
누가 미련한 사랑 아니랄까 봐!
젊은 날의 네가 아니랄까 봐!

꽃 배달

"꽃 배달 왔슈"
문을 열어보니

집채만 한 살구나무가
집채보다 큰 살구꽃을 안고 찾아와

소리소리 지른다
들어오라 할까, 거기 두라 할까

사랑 가져왔다고, 버리면 썩는다, 하니
남사스러워라

금년에도 찾아와 떠들고 있어
동네가 소란하다

바람꽃 I

가끔은 혼자 있고 싶다
혼자 있고 싶다 했다고
착각하지 마라!
하얗게 소복한 꽃잎 속에 숨겨진
노란 꽃술이
혼자 있고 싶어 한다고 해서
혼자 있게 하지 마라!
통곡은 속으로 하고 있는 것
혼자 있고 싶다 푸념하며
허허벌판에
울고 싶은 기다림이
대책 없는 꽃으로 피어 있는 걸 어쩌랴

바람꽃 Ⅱ

달빛 아래
처마 끝에 걸어놓은 풍경 소리 같은
종아리를 스치는 쐐기풀 같은
바람이어라
텅 빈 들판에 서서
무더기로 흐드러지게 핀 하얀 꽃잎이
숨겨놓은 노오란 기다림
언제 올지도 모르는
기약 없는 바람꽃
다 놓아버릴 때
가볍게 사라질 바람이어라

바람꽃 Ⅲ

당신의 몸에서 꽃향기가 나네요
당신의 몸에서도 꽃 냄새가 나네요
차가운 긴 터널에서 나오니
바람의 결마다 꽃잎입니다

바람 불어 좋은 날
바람피우기 좋은 날
당신이 예뻐하시면 너도 바람꽃
당신을 예뻐하면 나도 바람꽃

헌혈

생강나무 노란 꽃가지 옆에서
고로쇠나무가 봄을 헌혈하고 있다
링거병 안에 달달한 봄이 가득하다

링거병을 매달고
수액을 맞고 있는 환자들
병 안의 수액이 생강나무 꽃빛으로 물들었다

봄을 헌혈하는 고로쇠나무와
수혈하는 사람들 사이 피어 있는 생강나무 꽃
수줍게 사랑을 고백하는 중이다

초록빛 봄이

초로의 아낙 하나가
퍼질러 앉아 쑥을 뜯는다

얼마나 다리 아프면
풀밭에 그냥 다리 뻗고 있는가

"그렇게 앉으셔서 어디
봄나물 뜯을 수나 있겠어요?"

"이렇게 해도
나 먹을 만큼은 됩니다"

그녀의 가랑이 사이로
초록빛 봄이 넘실거리고 있었다

환청

밤 깊도록
그녀를 만나
품에 안고 놀았는데

꿈을 깬 아침
비바람에 피투성이가 되어 떨어진
백일홍 꽃잎들

하고 싶은 말은
목구멍에 걸려서 못 하고
뻐꾸기 울음 같은 딸꾹질 소리

몰랐네
날개를 떨고 뒤집히며 질러대던
꽃잎의 비명을

봄밤

살구꽃 아래 달그림자 떴네

문인화 한 폭

눈물비 어려 서럽게 곱다

멀리 밤개 짖는 소리

북 치듯 빈 밤을 때리는데

손 내밀어 그대를 잡아본다

올해에는 그냥 가지 말기를

입술

가슴에
초인종을 달고 있는 장미

바람이 초인종을 누를 때마다
울렁 울렁거리고

그녀의 입술은
황홀이거나 슬픔이거나

남의 입술을 함부로
탐하지 말라 했는데

바람이 몸 달아서 누를 때마다
새들이 뜨겁게 날아올랐다

뜨거웠다

봉화재에서 내려오는 후미진 오솔길

하얀 엉덩이를 내놓고 소변을 보는 여인을 만났다

쑥스러운지 그 여인 나를 보고 씩, 웃는다

민망하여 나도 씩 웃어주며 고개를 돌리다가

화끈한 상상으로 심장에서 배꼽까지 활활 타올랐다

한여름, 소나무 밑의 젊음을 탐하다가

그만, 돌부리를 차고 앞으로 엎어졌는데

손바닥이 까지고 무릎이 화끈하게 피 봤다

누이꽃 Ⅰ

동생을 업고 있는 작은 옥수수나무
내 누이의 모습이다
마른 봄날 쑥 뜯으러 나온 저 소녀
배앓이를 고쳐주겠다며 들판에 나온
내 누이의 모습이다
찔레꽃 피는 청보리밭 길에서
풀꽃 꺾어 한 아름 안겨주던
까마득히 어릴 적 내 누이의 모습이다
나팔꽃 돌담에 기대어 기다리던
강 건너 아득히 먼 곳으로 시집간 누이
이제는 건널목에 서서
잔주름에 절룩거리는
어머니 같은 내 누님이여
모두가 돌아선다 해도 영원한 내 편
한 송이 꽃으로 내 곁에 피어 있는 그대
세월의 강물 모질고 사납게 흘러
만나기 어려워도
누이야 누이야 우리 함께 가자

누이꽃 II

검은 머리 쇠박새야 너는 아느냐

가문 찔레 넝쿨 가시 덤불 사이로
염전처럼 짠 내 나는 아버지 삼베 적삼이
꽃잎 사이로 하얗게 아려와
숨어 울던 열아홉 살 작은 누이를

꿀벌도 굶어 죽었다는 경자년
남녘 어느 산골 아카시아 숲
미치고 펄쩍 뛰는 꽃샘바람 뒤
코로나 돌림병에 우는 허리 굽은 누이를

누이야 함께 살자
집이집이집이 울고 있네, 검은 머리 쇠박새
저승 간 아비도 돌아보고 울다 갈라
나에겐 언제나 꽃이었던 누이야 우리 함께 살자

아카시아 꽃

하얀 나비 한 마리가
하얀 나비 두 마리가
하얀 나비 천 마리가
오월의 푸른 치마에 내려앉는다

백고개 숨 가쁜 길 넘어와
내 고향 중학교 담장 옆에서도
공주 성당의 오르막길에서도
너, 거기 있었던

하얀 나비 한 마리가
하얀 나비 두 마리가
하얀 나비 천 마리가
오월의 푸른 하늘 높이 날아오른다

2부

구층탑을 쌓는다

화장장에서

이승의 무게는 가랑잎 하나

저승의 무게는 가랑잎 하나

이승과 저승의 무게도 가랑잎 하나

다시 오고 다시 가고

저 꽃잎 다시 지고 다시 피네
저 단풍 다시 들고 다시 지네

아무 일도 일어나지 않았다는 듯이
아무 일도 없었다는 듯이

저 꽃잎 다시 오고 다시 가네
저 단풍 다시 오고 다시 가네

언덕

훨훨 날아오른 배추흰나비는
노오란 장다리꽃에 앉았습니다
꽃의 호흡이 잠시 멈추는 듯 가늘게 떨릴 때
꽃과 별리한 나비는 청산을 훨훨 날아
대자암 무문관* 창문으로 날아들었습니다
사바세계를 날아오른 나비 거사에게
육 개월 만에 스님은 세상 소식을 들었습니다
자지러지게 산봉우리에다 피 칠갑을 하며
뻐꾸기가 제 새끼를 찾고 있는 소리가 들릴 때
노스님은 나비 거사에게 합장하였습니다
"당신은 언덕을 넘었군요
아제아제 바라아제 바라승아제"

* 불교의 선종 입문서. 스님의 수행 토굴을 말하기도 함.

뭘까?

조금 있으면 있고 없고도 없어질 나는?

원목의 경전

칼
질
을
수
그는 비로소 끝없는 사랑을 얻었다
없
이
당
하
고
몸
에
못
이
박
혀
서

고행

불교 용품 판매장 유리창에
부처님 한 분이
몸 파는 여인처럼 웃고 앉아 있다

먼 곳만 바라보며
스쳐 지나는 사람들
그의 아픔에 귀 기울여

노숙자가 되어
거리의 사람들과
아픔을 나누고 있는 중이다

딱따구리

절집 앞마당 참나무 등걸을
하루 종일 딱딱거리는 딱따구리 한 마리

하루 왼종일
목탁만 치고 있는 걸 보니

저놈! 전생에
주인집 수절 과부와 놀아난 머슴이거나

부처님 제자인 척하면서
부처님 팔아먹은 땡중일 게다

종

물웅덩이를 지날 때마다 달은 알을 낳아두었습니다
아파트 유리창에도 알을 낳아두었습니다

열나흘 밤이 지나서 달의 아기들이 태어나
세상의 빛을 보고 처음으로 울고 있을 때

숲속의 고라니들과 산새들
아파트에 사는 아기들의 귀에 종소리가 들렸습니다

나이 들어갈수록 다른 이들은 몰랐습니다
장님이 되고 귀머거리가 되어도 몰랐습니다

새끼 달들은 열나흘 밤마다 찾아와 종을 쳤습니다
꿈에서 깨라고 종을 쳤습니다

그 계단에서는

새벽 운동을 나가 운동 삼아 학교 계단을 오르는데
육십 대 초반의 아주머니 두 분이
계단에서 두 발을 펄쩍펄쩍 구르고 있다
"어머 어머 그놈 엄청 빠르네"
"새끼까지 등에 업고 있네"
태풍이 몰아치듯 한바탕 밟아 죽이는 살육을 끝내고
키득키득 웃으며 계단을 오르는 아주머니들
"그 댁 따님은 아기가 백일이라며 엄청 귀엽지요?"
"예, 그 댁 며느리도 다음 달이 산달이라지요?"
"예, 순산해야 할 텐데~"
그 계단에서는
아무 일도 없었다는 듯 웃음소리만 흘렀다

구층탑을 쌓는다

그녀는 날마다 구층탑을 쌓는다
그녀의 식당에서는 티베트의 풍장*을 한다
드리쿵틸 사원**의 천장사***들처럼 경건하게
요리사는 음식을 식탁 위에 내려놓는다
독수리 떼같이 손님들이 몰려와
접시에 놓인 살점들을 뜯어 먹고 날아가면
그녀는 탑을 쌓기 시작한다
삼층탑, 오층탑, 구층탑
남기고 간 뼈와 질긴 생의 찌꺼기들을
기단부터 탑신까지 집어넣는다
그녀의 손끝에서 사람들은 행복하고
풍장으로 사라진 죽음들은 다른 생명으로 환생하여
달려가고, 날고, 꽃 피워 새끼 낳을 것이다
연화장****의 세계가 어디 있는지도 모르지만
그녀는 식당을 날마다 불국토로 만들고 있다
웃으며 매일매일 수없이 쌓은 구층탑
멀고도 가까운, 가깝고도 멀리 있는 마음들을

하나로 화합하여 연꽃처럼 피도록

하루에도 여러 번 구층탑을 쌓고, 청소하고

다시 구층탑을 쌓는다

* 티베트의 장례 문화.
** 티베트의 천장대가 있는 사원.
*** 독수리들이 시체를 먹을 수 있도록 분해하고 살점을 발라놓는 사람.
**** 불교에서 말하는 청정과 광명이 충만해 있는 이상적인 불국토佛國土. 화
장세계華藏世界, 연화장장엄세계해蓮華藏莊嚴世界海라고도 한다.

당연한 일

꽃에서는 꽃향기가 나고
짐승에게는 짐승 냄새가 나고
사람에게는 사람 냄새가 나야 한다

돌멩이도 품위가 있다 하는데
나는?

길

길은 보이지 않는다
화염산에서 불어오는 열기보다 더 뜨거운 길
모래 알갱이를 묻힌 채 아스팔트를 기어가는 지렁이
고개를 들고 흔들며
"너무 목마르고 앞이 보이지 않습니다
어디로 가면 살 수 있습니까?
투루판 같은 곳은 어디 있나요?
코로나19 때문에
내가 살던 곳은 어둡고 습해서 숨을 쉴 수가 없어요"
"세상 어느 곳을 가도 사는 건 똑같단다
팔만대장경도 마음 하나에 들어 있다 하는데
그래도 네가 살던 곳이 투루판 같은 곳이야"
천 년을 넘기고 벽면 수도 하는 운강의 석불들처럼
아스팔트를 기어가다 석불이 된 지렁이가
비 갠 날 땡볕 아래 널려 있다

팔각정에서

암막새를 타고 내려오는 빗물이
작은 웅덩이를 이루고
웅덩이에 빗물이 넘쳐흘러 실개울이 된다
일백팔 개의 작은 웅덩이에 고인
빗물이 번뇌였던가
바람이, 회오리바람이 웅덩이를 돌린다
빗물은 강으로 바다로 흘러
바다는 세상의 고통으로 몸부림칠 때
빗물은 옷을 벗고 다시 승천한다
팔각정 마당에
피어 있는 연꽃을 본다

운구

연천봉이 보이는 지장전 뒷마당
잡초 무성하고 경사진 석축 사이로
검은 상복을 입고 줄을 지어가며 개미들이 간다
베짱이 시체 하나를 운구 중이다
상두꾼 소리는 요령 소리를 타고 땅를 치는데
법당에서는 스님이 목청을 높여
지장보살, 지장보살님을 부른다
지장전 처마 끝에 흰 구름 한 덩어리
연천봉에 앉는 중이다
고맙습니다
잘 살다 갑니다
베짱이 한 마리가 극락 가는 중이다

북어와 노파

허리 굽은 노파가 미륵바위 부처님 앞에
북어 한 마리와 술 한 병을 놓고 빌고 있다

마른 명태 동공에 눈물이 박제되었다
쓸모없는 이빨은 아직 날카롭다
하늘의 멱살을 움켜쥐고 소리소리 질렀겠지
살 에이는 용대리 덕장에서 오장육부가 굳어갈 때
그의 바다도 뻣뻣하게 건조되었겠지
보내지 못하고 다시 보내야 했던 너

마른 명태의 몸뚱이 같은 늙은 아낙이
구겨지고 엎어지고 굽신굽신 두 손 모아 빌고 있다
살 에이는 찬 바람에 오장육부가 굳어왔겠지
제발 그 아이 병 좀 낫게 해주시오 부처님
말라빠진 노파 동공에 눈물이 박제되어 있다

늙은 노파 하나가 북어 한 마리와

술 한 병을 미륵바위 부처님께 뇌물로 바치며
두 손 모아 빌고 있다, 병 좀 낫게 해주세요 병 좀!
코로나 돌림병을 물러가게 해주세요

약사여래 부처

갑사 모퉁이를 돌아가면
약사여래 부처님 한 분 계신다
꺼벙한 사람들이 약사여래 부처님 앞에
떡이며 명태포 가끔은 천 원짜리 지폐 몇 장 놓고
아프지 말고 근심 걱정 없애달라고 빌었다
무당질하다가 치매 걸렸다고 동네서 수군거리는
사하촌에 사는 할머니 한 분
저녁 예불 끝날 무렵이면 올라와
약사여래 부처님께 절하고
앞에 놓인 예물들을 수거해 간다
어쩌다 사천왕문 근처에서 마주치면
허리 숙여 합장하고 인사하며 웃는다
민초들은 근심 걱정 내려놓고 가서 몸이 가볍고
약사 부처님은 노인들께 보시를 해서 몸이 가볍다
치매 노인의 몸을 빌려 근심 걱정을 없애는
약사여래 부처님이 나투셔서
마당이 깨끗해졌다

하늘 물고기

물고기 한 마리가
처마 끝 허공에 매달려 있다

하루 종일
먼 산만 바라보는 물고기
별들이 집어등이었던가
밤마다 어두움에서 꼬리 치는 물고기

달빛 등대가 켜지면
산발치에 흐르는 그리움의 자락들
그가 바람의 손가락을 빌려
침묵을 깬다

댕그랑댕그랑
별들의 발자국이
서늘하게 지나가면
상처마다 풀꽃이 된다

3부

순대국밥

꽃길

네가 나에게 꽃이 되어 왔듯이
나도 너에게 꽃이 되어 있고 싶다

칠십 년 만에 만난 우리 손녀

네가 나에게 꽃이 되어 왔듯이
나도 너에게 꽃이 되어 남고 싶다

야생화

새끼 낳고 사는 것들은 모두 야생화다
들고양이도 고라니도 장돌뱅이도 농부도
제비꽃도 살구꽃도 미꾸라지도 개구리도
새끼 낳고 사는 것들은 모두 야생화다

이 세상에 누군가를
미워하기 위해 피는 꽃은 하나도 없다
누군가 네 곁가지 하나 밟고 지나가도
일어서며 피는 꽃은 더 붉다

순대국밥

순대국밥을 먹는다
누군가의 어머니 아버지
누군가의 할머니 할아버지와 함께
점심때 시장에서 순대국밥을 먹는다
마음에 점 하나 툭 찍어놓는다는 점심 때
순하지만 대차게 한번 살아보라는
순대국밥을 먹는다
순대를 채우기 위해 평생 땅이나 후빈
돼지는 이승을 떠나고 나서
남의 살과 피로 순대를 채웠다
땅이나 바라보고 살아온 늙은 아내를 데리고
순대를 채우기 위해 오물오물 순대국밥을 먹는다
목숨 부지한다는 것은 늘 허기가 심해서
남의 피와 살로 내 순대를 채우는 것이다
이승을 떠난 돼지가 보시한 순대로
늙은 아내와 나는 행복하지만, 잠시
윤회하는 시간 속에서 마주 보는 것이다

떨이!

유통기한이 얼마 안 남았나
처연하게 붉은 저 꽃!

밤 열 시까지
매장 진열대에 남아 있는
생화, 상추, 오이, 김밥
쉰 살 넘은 노처녀 노총각들
칠십 넘은 늙은이들까지
유통기한이 얼마 안 남은 것들은
끼워팔기를 하거나 반값!
떨이 떨이 떨이!

유통기한이 얼마 안 남은 것들은
제가 갈 길을 안다
다음을 기약할 수 없는 것들은
더 서럽고 붉게
목 놓아 호객 행위 하는 것이다

누구나 유통기한은 있다

경적

가다가 서고, 가다가 서고 한다
옆의 차선에 있는 차는 늘 빨리 달리는 거 같다

어느 순간 보았다

눈을 빨갛게 뜨고 앙앙거리는 차들 틈에
경적을 울리고
앙앙거리고 있는 내 차를

멈출 때, 비로소 보이는 것들*이 있다

* 혜민 스님의 책 제목『멈추면, 비로소 보이는 것들』에서 따옴.

환승역에서

종로3가 지하철 환승역에 서 있다
두고 온 짐이 있어서 다시 가서 가져와야 한다
돌아가는 기차는 환승역으로 왔다
온 길을 되돌아가는 기차에 승차하여
시간을 되돌려 본다

방황하던 젊은 날을 바로잡고
솜털 보송보송한 첫사랑을 다시 만나고
미세먼지 없는 고향으로 돌아가
부모님 다시 만나 푸념 푸념하면서
안동 헛제삿밥이라도 푸짐하게 사드린다면…

열차의 유리창에서 유령처럼 서 있는 나
침묵을 먹은 바람 속에
무심코 버려진 흑백의 동영상들이 덜컹거린다
작별하는 것 또한 기술이 필요했던가
환승역이 있다 해도
돌아가기에는 이미 너무 멀리 와버린 지금

어느 오후

또각또각 구두 소리가 멀어진다

창문에 우두둑 떨어지는 희부연 하늘
작은 공간에 쌓이는가 했더니

숨이 턱, 멎도록 나를 집어 던진다

이빨이 시리도록 멀어지는 소리

빗방울들이 떼거리로 몰려와
유리창을 흔들다 가는 걸 보았다

가족

자고 일어나니

놀란 토끼 귀처럼
청설모 머리처럼 일어난 머리
부스스한
그것도 예쁘다고

마주 보고 웃고 있는 우리

지지고 볶고
무덤덤하다가도

안 보이면 애타게 찾고 있는 우리

아내 모네

나이 들어갈수록
아내는 점점 작아지고 있다

나이 들어갈수록
세상 가득 커지고 있는 그대가

구부리고
새우잠 자고 있다

구부린 가슴 가득
어머니의 소망을 간직하고 있다

씨앗

우주는
둥글거나 타원형이라 한다

둥글거나 타원형인
씨앗들

그 속에 작은 우주를 품은
생명이 있다

둥글거나
타원형으로 살아라, 하는

세상에서 가장 존귀한
당신도 있다

민들레 위성

민들레의 위성 발사가 초읽기에 들어갔다
다섯, 넷, 셋, 둘, 하~
긴장하며 설레임이 가득한 둥근 캡슐에는
솜털 가득한 민들레 아기들이
어깨를 마주하며 동그랗게 앉아 있다
위성이 하늘로 쏘아지고
2단 로켓에서 분사된 아기들이
봄의 씨앗을 품고 천지 사방으로 퍼져나간다
세상 가득 봄을 심는다
민들레꽃 피어 있는 초등학교 운동장에서
아기들이 하늘 높이 공을 던진다
아기들이 던진 공에도 봄이 가득하다

참깨꽃

외딴 산허리에 참깨를 심었어
몸에 종을 달고서 오랜 시간
바람이 종을 칠 때마다 너는 여물었지
깨가 쏟아졌지
사는 건 그냥 깨가 쏟아지는 게 아니야
거꾸로 매달리고 탈탈탈 털려서
아픔이 증발하고 고소함만 남아서
식탁에 오르고 웃음을 주고 그럴 때
깨가 쏟아진다고 그랬지
긴 여름날 연분홍빛 얼굴에 자주색 목소리를
먼 산허리에 무작정 날려 보낸 건
그냥 네가 그리워서야
너를 만나
깨가 쏟아지도록 살고 싶다고 했던 거야
그래서 외딴 산허리에도 참깨꽃 피우는 거야

소한에 오는 비

섣달 긴긴밤
뒷산, 솔가지를 흔드는 바람 소리
내일이 소한이라는데
어제 내리던 비가 지금까지 쏟아진다

먼 데서
손녀들 코코 잠자는 소리
아내가 옆에서 잠자는 소리
구멍 뚫렸는지
긴긴밤에 나를 소환하는 빗소리

자다가 일어나 물을 마시고
또, 자다가 일어나 오줌 누다가
얼음판을 스치는 밤비 소리를 듣는다
코로나19, 제발 쓸어 가기를

울컥

연녹색 잎들이 눈트기 시작한 날
묵정밭을 가꾼다고
육철낫으로 잡목의 밑동을 쳤다
잘려 나간 밑동에서 울컥울컥 치솟는 수액
올라가지 못하고
꽃 피우지 못하는 서러움이 울컥울컥
땅에 흥건하게 고인다
그런 적 있었지
승진에서 누락된 날 아내 몰래 퍼마신 술
울컥울컥 땅에 흘렀지
어쩌다 어쩌다 세월 가고 보니
밑동을 친 그도
잘려 나갔던 나도
잘못 앉았던 자리에서 피우지 못한
서럽게 고왔던 한 송이 꽃이었다
소중한 젊은 날
돌아보니 꽃길이구나

꿈속에서

나는 벌레였다
참나무 가지에 사는 자벌레였다
참나무 가지는 갑사 천왕문 옆에 있었다
별빛과 달빛과
지나가는 바람이 쉬어 가는 집에서
나뭇잎과 이슬로 배를 채우는
벌레였다
올려놓을 것도 내려놓을 것도 없는
벌레가 되었으면 어떠랴, 그랬다

뻘건 대낮에
낮잠 한번 곤하게 자고 깨니
한바탕 꿈이었다

황홀

사나운 발걸음으로
링링*이 먼 산을 넘어가고 있다
안개비가 아른아른
먼 산을 넘어가고 있던 사나흘 전
차갑게 돌아서는 그를 보냈던 사내가
오늘은 링링의 거친 숨결로 겁탈당하여
낭자하게 떨어진 배를 보았다
찢긴 과수원 치마폭에서 뒤를 돌아보았다
목이 꺾어져라, 뚫어져라
때로는 기쁘게, 때로는 힘들게 걸어온
길고도 멀었던 그 길을 돌아보니
산과 들은 변하지 않았는데
그 산하, 눈부시게 흔들리고 있다
가물가물한 기억은 황홀이었다

* 2019년 제13호 태풍.

동거

대문 안으로 무단 침입 하는
누런 얼룩무늬 들고양이 한 마리
눈치 볼 것 없이 당당하고 유유자적한 그놈
고양이에게 집을 세준 일이 없는 내가
"인마! 거기는 우리 집이야!" 하는데
돌아보면서 콧수염을 올리고 "야옹"
영역 침범 하지 말라고 경고한다
고양이의 영역에는 내가 불청객이고
나의 영역에는 고양이가 불청객이다
설정한 금표 안에 무단 침입 한 것이다
네가 불청객이라고 서로 우기다가
그냥 동거하기로 했다
서로 동거하고 사니 불청객이 아니다
잠시 빌려서 살고 있는 이 터,
우리는 지금 지구에서 동거 중이다

몰랐다

똥독에 빠진 꿈으로 몸살을 앓다가 깬 날 아침
부지런히 복권 사러 갔다

아내와 여행 좀 마음껏 다니게
아이들에게 아파트 한 채쯤 팍팍 사주게
친구들에게 술 좀 신나게 사주게
예쁜 여자들에게 차 한잔 사주게
당첨되라고 기도하며 갔다

내 소원은 언제나
주택자금 기부하는 것으로 끝나는 줄 알았는데

정말 몰랐다
나는 이미 주택복권보다 몇천만 배 좋은
인간 세상에 당첨된 것을

손녀를 보며

젊었을 때는 몰랐네
짝사랑이 이렇게 좋은 줄을

도시의 유리창

도시의 유리창이 밤에 옷을 벗는다
도시의 밤은 달도 외로워 유리창에 앉는다
불빛들은 누구, 누구라고 할 것도 없이
모두 유리창의 품으로 들어간다
축축한 언어들이 날개를 파닥이며
유리창을 두드리는 불나방이 된다

욕망의 가루가 안개처럼 떨어진다
뜨거워 보이지만 차가운 것이 혓바닥이다
뜨거운 것처럼 보여도 차가운 도깨비불이다
야합하려 하지 마라
순수하게 타고 있는 당신의 불꽃
유리창은 당신의 옷도 벗겨보려 유혹하고 있다

간쟁이

"입맛이 써서 간을 볼 수 없네!"
손으로 버무린 김장 배추 한 쪽을 쭉 찢어준다
그럴 때면 무슨 대단한 간쟁이가 된 양
아내의 손끝에다 입을 내민다
"간이 맞는 거 같아" 하면서 속으로는
난들 알아, 내 입맛도 쓴데, 하는 말이 뱅뱅 돈다
그동안 입맛을 쓰게 만드는 일이 많아
버리는 것들이 얼마나 많았던가
일 년 내내 입맛이 쓰지 않도록
젓국도 넣고 설탕도 넣고 적당히 소금도 치고
고춧가루 파 무채도 넣어 간을 맞추어
큰애, 작은애 집에도 좀 보내주려면
아내와 내가 간을 잘 보아야 한다
아침마다 "간 맞나 좀 봐봐" 하고 있는
아내의 손끝에서 나는 늘 긴장하고 지내야 한다
겨울을 넘기고 봄을 맞이하고
간이 맞는 세상에서 살고 싶으면
우리는 서로 간쟁이가 되어야 한다

선을 넘다가

약속 시간이 늦었다고 덤벙대다가
쾅! 유리문에 이마를 찧었다
지나가던 사람들이 보고 낄낄대고 웃고 가는데
정신 못 차리면 벌건 대낮에 하늘에서 번개가 치고
이마에 밤톨 하나 달고 다니지
보이지 않는 유리문이 더 두껍고 단단하다
선을 넘는 일은 뜨겁고 긴장되는 일이다
보이지 않는 선에 걸려 잘도 넘어지는 나
보이지 않는 것이 더 무섭다, 말은 하면서
마음이 급한 날은 헛발질을 한다
급하게 먹는 밥은 체한다는 어머니 말씀대로
이마에 피 터지는 날은 정신이 번쩍 들었다
사는 동안 헛발질에 이골이 났다
선을 잘못 넘고 피 본 일이 어디 한두 번인가

귀밑머리

내가 목청껏

꺼져버리라고 소리 지른 것은

이불깃을 파고들던 찬 바람이 아니고

거울 속, 함께 앉은

파뿌리 된 귀밑머리 너!

그래도 먼 길을 함께 왔으니

가도 아주 멀리 가지는 말아주시게

4부

상처

상처가 꽃이다

병들고 벌레 먹은 벗나무 잎사귀들이
가지만 남기고 노랗게 떨어진다
간밤에 회오리 친 비바람의 군화에 밟힌
그의 상처가 꽃이다

상처가 아름다운 것은 슬픔이 고여 있고
한이 맺혀 응어리져 있기 때문이다
한 점, 한 점 몸의 일부가 빠져나간 자리는
치매 환자 기억처럼 구멍이 나서
깊고 아플수록 진하다

불꽃처럼 타오르고 있는 가을이
빠져나간 구멍마다 한 잔의 술을 따른다
빈 술병 속에 고인 슬픔이
나팔꽃처럼 병 모가지를 타고 올라
피다가 지는 꽃 자국이다

목련꽃

백목련 꽃 피다가
몽우리째 서리 맞았네
하나, 둘, 셋, 넷, 다섯 송이
엄니는 마른 봄날에 쑥나물 버무려
식구들 먹여주고
칡뿌리 캐러 먼 산 가던 아버지
페니실린 약 있다는 것 몰랐네
왜정 말년, 해방, 육이오 전쟁
두메산골 시골집을 휩쓸고 간 그 된서리
검붉게 시들어 매달린
목련꽃 몽우리 다섯 뚝뚝 떨구던 봄
해마다 언 땅을 밟고 또, 봄이 오면
통곡하던
고향 집 목련꽃나무 한 그루
저승길 따라와
무덤가에 흐드러지게 피어 있네

눈물

나무가 눈물 흘린다
나무는 비 오는 날 슬그머니
빗물에 섞여 눈물을 흘린다

새끼 돼지가 팔려 가던 날
미친 듯 먹이만 먹던 어미를 보고
눈물을 흘린 나무

뵈는 게 없으니 눈물도 마른 거겠지
돼지우리 옆에서 중얼거리는
눈물의 둑을 막아주고 싶은 감나무

그에게 말했다, 살다 보면
울고 있을 때보다
웃고 살 때가 더 많다고

의지

바람에 밀려온 빗방울 하나
뚝! 유리창에 떨어진다

작은 우주 하나가
산산조각 났다

눈물방울 속에서
세상은 이따금 산산조각 날 때 있지만

눈물방울 하나가
세상을 다 포용할 수도 있다

빗방울은 다시 모여 길을 만들고
울음으로 끝내는 법이 없다

죄

콩깍지가 벗겨지면
잘 익고 통통한 검정콩이 톡! 하고
튀어나와야 하는데
마음대로 되지 않는 것이 사랑이라
사람 일이라
콩깍지가 벗겨질 때마다
벗겨져도 너무 심하게 벗겨져서
상처투성이다
찬밥 한술 얻어먹기도 힘들다
콩깍지가 벗겨져도 당당하게
보란 듯이 나오는 그들보다
잘 여물지 못한 죄, 크다

빈자리

한 겨울에 깨진 유리창 앞
비어 있는 의자는 찬 바람이 난다
공원의 벤치
지하철의 의자
버스의 옆 의자
식당에서의 옆자리
그대의 빈자리는 언제나 옆구리가 시리다
더 서럽고 가슴 아픈 것은
코로나19 때문에
더 가열차게 우리 옆에
스스로 비어 있는 자리를 만들어야 하는 것이다
비어 있는 자리를 보며 기다려야 한다는 것이다

질곡

난도질당한 산낙지의 다리가 꿈틀꿈틀
몇 개 안 남은 빨판을 가지고
헛바닥에 입천장에 필사적으로 달라붙는다
질곡을 벗어나려는 몸부림과
명줄을 잇기 위한 처절한 사투
그의 간절한 몸부림이 신선하다
그의 신선한 몸부림이 나에게 전이되고
나 또한 신선한 먹이가 되어
세상 바다를 헤엄칠 것이다
거친 생의 질곡을 이겨낸
신선한 고기는 누구에게나 맛이 있어
돌아가며 먹을 것이다
고기는 질겅질겅 씹어야 맛이다
그들도
먹을 때는 웃으며 맛있게 먹을 것이다

귀향

남대천 물길로 연어가 올라온다
이역만리 타향에서 산전수전 겪고 살아난
연어가 목숨을 걸고 고향길을 올라온다

탁류에 휘말려
북만주로 블라디보스토크로 우즈베키스탄으로
밀려간 사람들

목숨 걸고 고향에 돌아오는 연어를 보며
목숨 걸어도 고향에 못 오는 사람들을 생각하며
남대천 물 흐른다

옛집

옛집 뒷마당에 눈 내린다

저녁연기가 하얗게
땅거미에 날깔리는 저녁

눈 쌓이는 감나무 가지에
칼바람에 떠는 까치가 울었다

더운 김을 내뿜으며 쇠죽을 먹는
암소의 딸랑딸랑 쇠방울 소리

신작로를 건너와 싸리문을 흔들고
문풍지를 비벼대는 싸락눈 소리

칠순 지난 아이가 꿈속에 찾아간
옛집, 아버지네 집

병원 대기실에서

거리를 두고 앉으라 하네
거리를 두고 마스크를 쓰고 있으라 하네
멀리 있어도 마음이 하나이면
우리는 하나라 하네
반짝이는 눈동자, 앵두 같은 입술, 머리카락 향기
첫눈에 반했다는 말은 이제 옛말이 되었네
대면 교육도 영상으로 하고
여행도 화면으로 떠나서
남들 맛있는 거 먹는 거 구경만 하고 있네
되도록 집콕하여 재택 근무 하라 하네
꽃이 혼자서 피어 있는 것을 즐기더니
나비와 벌들이 힘들다고 꿀만 빼먹고 살더니
어차피 열매도 못 맺는 거, 그렇게 되어가더니
너희들 어디 한번 견디어봐라
거리를 두고 마스크를 쓰고 대화도 하지 말고
그냥 기다리고 대기하고 있으라 하네
광화문 네거리에 세종대왕이 혼자 앉아 있네

한 번도 경험하지 못했던 나라
대형 코로나 태풍이 휩쓸고 지나가는 땅덩어리에서
그래도 그 잿더미에서
우리는 새싹을 키워야 하고 기도해야 하네

코로나19 Ⅰ

아내는 나보고 나가지 말라고 한다
나가려면 마스크라도 꼭 쓰라고 한다
비상한 결의를 하고 거리로 나갔다
사람들이 입과 코를 막고 걷는다
입과 코를 가리지 않은 새들이
사람들이 웃기는지
가로수에 앉아 고개를 흔들고 있다
거리에서 묵언 정진 하다가
재채기 한 번에
사람들은 눈총질하고 나는 고개 숙였다
아내 말이나 고분고분 들으면
자다가 떡이라도 얻어먹지
쓸데없이 집에서 기어 나와
큰기침이 권위 있던 시절을 그리워하는데
입 닥치고 조용히 마스크 쓰라고
TV에서 시간마다 떠들고 있다

코로나19 Ⅱ

어치 한 마리가 살구나무 가지에서 슬피 운다
왜 우느냐고 물어보았더니
혼자 먹는 술은
영혼 없이 섹스하는 거 같아서 슬프다고 운다
마주 앉아 노래도 하지 말고
술잔도 부딪치지 말고
입과 코를 가리고
거리두기를 해야 살아남는다는 세상이 슬퍼서
하루를 넘기는 것은 혼자 먹는 술이란다

목구멍에 걸린 술이 끼룩끼룩 넘어가는 변이된 세상
내 삶의 하루를 낚아챈
코로나19에 물든 해가 눈이 벌겋게 산마루에 떨어진다

한

노인병원에서 노인 한 분이 푸념을 한다

한 오백 년 사는 건 줄 알았지
그래서 수틀리면 소리도 벅벅 지르고
맘에 들면 눈웃음도 살살 치고
슬쩍슬쩍 남의 것도 손에 넣어보았지
속든 말든 사랑한다고 사기도 쳐봤지
자식들 좋다는 일 안 해본 것 없이 살았지
그런데 그게 아니더라
열불 나는 건 아무짝에도 소용없는 그 일에
한 세월 목숨 걸고 지낸 일이지 뭐야
지금 와서 노인병원에 있다 보니
자식 얼굴 보는 거 꿈에 떡 보듯 하고
친구들도 다 떠나고
잘 못한다고 남 안 보는 데서 구박당하고
내일모레가 추석인데
코로나 돌림병 때문에 오도 가도 못하게 하는 세상

욕심부리고 살아봤자 아무 소용 없더라
그래서 하는 말인데
잘나간다고 남의 눈에 눈물 나게 하지 말라고!
집사람한테 잘해주지 못하고
친구들한테 밥 잘 사주지 못한 거
그게 이제 와서 한이 되더라고

기침

하루 종일 쟁기질을 한 소가
멍에를 벗고 외양간에서 되새김질하고 있다
입에서 하얀 거품과 훅훅 내뱉는 가쁜 숨결
되새김을 하던 소가 혓바닥으로
어린 송아지의 어깨를 핥아준다
늙은 소의 되새김은 하현달이 저물도록 계속되고
등잔불 아래서 아버지는 잔기침을 하고 있었다
아버지의 잔기침에 등잔불이 흔들리고
하얀 입김이 문풍지 밖으로 새어 나왔다

반백 년이 지났는데도
고향 하늘을 비추는 하현달에서
등잔불이 흔들리고
아버지의 잔기침 소리가 새어 나왔다

소나기

동네방네 들끓는 소문만 요란해서
밤차는 이리저리 길을 헤매었다
뜨겁게 다가왔다가, 차갑게 돌아가는 너

지척 만 리

호흡기 병동의 거동 불능 노인 환자
링거병에 매달린 수액으로 식사하고
옆구리에 매달린 비닐봉지에 배설을 한다
아내가 입원해 있는 건너편 건물의 중환자실
가고 싶어도 갈 수가 없다
이별의 말조차 나눌 수 없다
사랑했노라고
부디 저승에 가더라도 좋은 곳으로 가라고
눈자위가 부르르 떨리고 있다
미안해 여보!
건강했을 때 당신에게 더 잘할걸!!

5부

못질

거미와 나

너 허공에 매달린 적 있니?
너 허공에서 밥 찾은 적 있니?
너 허공에서 두 손 모아 기다린 적 있니?
아무 곳에도 발 딛고 설 수 없을 때
허공에 줄 매달 수밖에 없더라

너 개떡 같다고 징징대지 마라
너 사바나의 가젤같이 살아본 적 있니?
너 코로나가 창궐하는 세상에서 살고 있니?
그냥, 죽자 살자 매달려서 참고 사는 것이다
아차! 하면 너나 나나 바닥에 떨어진다는 것이다

푸줏간에서

갈고리에 꿰여 걸린 소의 등짝을 보았다
분홍빛 소의 갈비가 시루떡처럼 걸려 있다
등가죽이 벗겨지도록 새끼만 생각하던
네가 힘겹게 이어가던 목숨 줄과 눈물방울이
나에게는 별미였구나
갈고리에 꿰여 있는 등짝이
갈고리에 꿰여 걸린 등짝을 보는 날
등가죽이 벗겨져도
그냥, 웃기만 하던 아버지가 거기 있었다

못질

잡부로 일하는 서 씨가 푸념을 한다
잘나가는 국 목수는 하루 종일 못을 박았고
잡부인 나는 하루 온종일 못을 뺐어요
국 목수가 치는 못은 윤기가 흐르는 대못이었고
잡부인 내가 뽑는 못은 녹슬어 뻘건 못이었어요
못 잘 박는 기술자는 하루에 삼십만 원 일당을 받고
못을 뽑는 나는 일당이 팔만 원
핏물이 든 못 자국을 깨끗하게 지우는 거보다
남의 몸에 못질하는 것이 돈은 훨씬 많이 벌어요

녹

시멘트 벽에 누군가 쾅쾅 못을 치고 있다
몸을 쑤시고 들어오는 금속 물체에
완강히 저항하는 벽의 몸부림과
머리끝을 얻어맞아 가며 강제로 파고들어야 하는
못의 고통 소리와
못을 벽에 꼭 박고야 말겠다는 누군가의 결의가
울림의 진통이 크다

누군가는 손뼉 치며 환호할 것이고
누군가는 가슴을 치며 분노할 것이고
누군가의 가슴에 못을 박아야 했던 회한이
톱니바퀴처럼 맞물려 돌아가는 그곳에
울림의 파장은 또 하나의 못이 되어 박힐 것이고
녹을 지우기 위해 누군가는
동화 같은 벽화를 그릴 것이다

냄새

유기견 두 마리가 골목 귀퉁이에서
신문지 정치판 기사 위에 똥을 싼다

"왜 그렇게들 그러고 살아!"
"그러면서 우리들보고 개라고 욕하지"

난장판

난전 마당에서 흥정을 하던 초로의 노인들이 대화를 한다
"가격이 전번 장날보다 올랐네"
"예, 원가가 올랐다나 뭐 그래서"
"세상 모두가 도둑놈 같아져"
"그래도 남의 돈 가지고 제 것처럼 생색내는 놈들보다
나아요"
"그려! 그런 놈들치고 어디 나가서 땡전 한 푼 벌어본
놈 없지"

구멍

일용직 노동자들의 뒷모습을 보았다
머리 하얀 노동자의
구부린 어깨와 가슴 사이 구멍이 뚫렸다
횡 하고 새어 나오는 가쁜 숨소리
엘리베이터에서 택배 노동자를 보았다
그가 택배 상자들을 숨 가쁘게 나르며
스치듯 바라보는 눈동자에 구멍이 뚫렸다
횡 하고 새어 나오는 가쁜 숨소리
아파트 주민들이 택배 차량을 막았다는 소식
누구의 편을 들 수 없어 아프다
주상 복합 아파트 청소하는 아줌마들
아무것도 좋은 것 보이지 않는다는 무표정
재활용 쓰레기 봉지에도 구멍이 뚫려 있다
구멍을 잘 채운 사람들은 상층으로 올라가고
구멍을 메꾸지 못한 사람들은 하층에서
구멍들을 메꾸기 위해 몸부림친다
그 간극 사이 불꽃이 튀고 전류가 흐른다

국물

늙은 노동자의 뒷모습을 보았다
태풍이 지나간 거리, 꺾인 가로수 가지와
널브러진 바람의 잔해들이 늘비한
허름한 간판 아래 국숫집에서
후룩후룩 국물을 마시는 그가
남의 말처럼 뱉어낸 말
"국물은 이렇게 잘 우려내야 맛있어"
비릿한 멸치 국물이
그의 등허리를 훈훈하게 녹일 때
낡은 그의 배낭에는 땀에 젖은 수건과
따뜻한 빵과 지폐 몇 장이 들어 있었다
아내와 손자가 기다리는
그의 집도 오늘 밤에는
잘 우려진 국물이 따뜻할 것이다

줄

낚싯대가 활처럼 휘어지더니
바둥바둥 떨리고 있는 줄

누구는 목숨 줄이 경각에 달리고
누구는 손맛이 좋다고 환호한다

줄을 끊어버려야 사는 놈
줄이 끊어지면 자살하는 놈

어디 너뿐이겠는가
줄 하나에 매달린 것이

상처

말로 지껄일 수 있는 것은 상처가 아니다
말로 지껄이는 것은 한이 아니다
정말 아픈 놈은 아프다고 말도 못 한다
가슴 터지게 욱신거리는 것이 목구멍으로 치받을 때
벌레들은 울어대며 끙끙 참고 견디고 있는 것이다
그렇게라도 살아남아야 하는 것이다

비결

누구를 만나러 갈 때는 손톱을 깎는다
젊어 보이라고 머리도 까맣게 물들이고
로션은 바르지만
남자라서 립스틱은 바르지 않는다
때로는 눈썹도 그리고
빨갛게 립스틱을 바르고 싶지만
참는다, 잘 참아야 남자다
수염도 밀고 나간다
어떤 때는 여자인지 남자인지 헷갈려야 한다
그래야 살아남기 훨씬 쉽다
고기를 먹을 때도 되도록 이빨은 보이지 않는다
고기는 미소 지으며
착한 얼굴로 먹는다
외출할 때는 되도록 발톱은 깎지 않는다
날카로운 발톱은 남들이 눈치채지 못하도록
숨기고 간다
발톱을 쓸 때는 전광석화와 같이 빨라야 한다

사당패 놀이
─사극 속에서

마당에서 잡놈들이 놀고 있다
깨갱깨갱 목소리만 큰 깽매기 치는 놈
간들간들 간드러지게 장구 치는 년
혼자 잘나 북북거리는 북 치는 놈
거드름 피우며 웅얼웅얼 징 치는 놈
잘난 놈 못난 놈 함께 만나
걸쭉하게 농주 한잔 걸치고
걸판지게 엉덩이 흔들며
한 바퀴 두 바퀴 휘몰아치고 돌아가며
"얼쑤 좋다!"
각설이처럼 흔들거리고
하회탈처럼 벌쭉벌쭉 웃고
자반뒤집기처럼 뒤집어도 보고
파계한 놈이나 공약하는 의원님네 빗대어
욕도 하고 흉도 보며 열두 발 상모 돌리듯
한번 걸판지게 놀다 가는 거지
세상살이가 뭐 별거인가

그렇게 제멋에 떠들며 한바탕 놀고 있다
마당이 잡놈들 판이다

깨달음, 이분화를 넘어

윤석산 한양대 명예교수

1

예술가를 흔히 창조자라고 한다. 새로운 세계를 구현해 놓기 때문이다. 예술의 세계는 엄밀히 말해서 깨달음, 사물이나 삶에의 터득을 통해 이룩하는 것이다. 사물이나 삶의 새로운 세계를 터득하고, 이 터득으로부터 받게 되는 감동을 구체화하는 사람이 예술가이다. 그러므로 예술가를 창조자라고 말한다.

시 역시 예술의 한 장르이다. 따라서 시의 세계에는 그 시인이 터득한 삶, 터득한 사물, 사물과 사물과의 관계, 삶과 사물과의 관계가 언어로 구현되어 있다. 이러한 시들을 만날 때 읽는 사람의 고개가 절로 주억거려진다. 그런가 하면 자신도 모르게 무릎을 친다. "그렇구나!" 하면서 자신도 모르게 중얼거리게 된다. 깨달음의 세계를 그 곳에서 발견하고, 또한 깨달음으로부터 받게 되는 감동을 만날 수 있기 때문이다.

이와 같은 면에서 어쩌면 예술은, 시는 종교와 그 맥을 같이 하고 있는지도 모른다. 선불교, 특히 임제종臨濟宗에서 선禪을 시작하는 사람들에게 정진을 돕기 위해 간결하고도 역설적인 문구나 물음을 던진다. 이를 공안公案이라고 한다. 흔히 우리가 알고 있는 화두話頭와는 차별이 된다.

공안을 풀기 위해 분석적인 사고와 의지적인 노력을 다하는 동안 사고의 전환이 이루어져 직관 수준에서 적절한 답을 찾을 수 있는 준비가 이루어진다. 이러한 과정을 거친 공안은 하나의 예술이며, 문학이 된다. 깨달음에 관한 예술인 것이며, 깨달음에 관한 문학인 것이다.

제자의 깨달음의 모습을 알기 위하여 던지는 선사禪師의 질문은 간략하면서도 높은 비유를 지닌 것들이 많다. 이러한 공안은 시대에 시대를 거듭하면서 많은 비유와 은유, 기교가 섞인 하나의 문학으로 발전하였다. 특히 중국 송대宋代에 이르자 사대부들과 어울리던 선사들은 선에 관한 통찰을 바탕으로 깨달음의 예술을 시작했다. 그들은 온갖 비유와 은유, 기교로 점철된 깨달음에 관한 문답과 시를 창작했다.

유준화 시인의 시를 읽으며, 이러한 '공안'이라는 낱말이 매우 자연스럽게 머리에 떠올랐다. 물론 공안은 손뼉을 마주쳐야 소리가 나는 것과 같이 '문問과 답答'이 함께하는 것이지만, 유준화의 시에는 이 '문과 답' 모두를 담은 듯한, 그런 깨달음의 모습이 담겨 있음을 볼 수가 있다. 사물에 대한 진지한 성찰과 함께 얻게 되는 터득의 세계, 혹은 삶에 대한 깨달음의 순간들이 유준화 시인의 시에 나타나는 모습들이다.

이러한 유준화 시인의 시적 세계는 시인의 개성이나 공부함과도 무관하지 않으리라 본다. 사물이나 삶의 본질을 있는 그대로 바라봄으로 해서 자연스럽게 '자유'를 얻는 모습, 아마도 천연적인 시인의 모습이 아닌가 생각된다. 유준화 시인은 어쩌면 이런 천연의 시인인지도 모른다.

2

태어난 존재는 언제고 그 명命을 다하고 죽는다. 목숨을 지닌 존재뿐만이랴. 목숨이 없는 무생물도 생겨난 것은 언제고 사라진다. 이러한 모습을 '무왕불복無往不復의 이치'라고 한다. 자연의 한 이법이기도 하다. 이와 같은 자연의 이법에 의하여 본다면, 태어나 산다는 것도, 또 죽는다는 것도 모두 자연의 한 모습으로, 궁극적으로는 같은 것이 된다.

이승의 무게는 가랑잎 하나

저승의 무게는 가랑잎 하나

이승과 저승의 무게도 가랑잎 하나
 -「화장장에서」전문

　시인은 태어나 사는 이승이나 죽어서 가는 저승이나 모두 같
다는 생사일여生死一如의 관점을 견지하고 있다. 이에서 한 발
자국 더 나아가 이승도 가랑잎 하나의 무게이고, 저승 역시 가
랑잎 한 장의 무게라고 노래하고 있다. 이때의 '가랑잎 하나의
무게'라는 것이 삶이나 죽음이 그렇듯 가볍다는 이야기는 결코
아니다. 삶 자체를 '생성과 소멸', 즉 생과 사가 어우러져 맞물
려 돌아가는 것으로 보고 있기 때문이다. 이러한 관점은 삶이
나 죽음에 너무 집착을 하므로 일어나는 번뇌에서부터 벗어나
야 함을 강조한 이야기일 뿐이다.

　우리는 흔히 삶이 끝나고 죽음이 온다고 생각한다. 그러나
삶이 끝나고 죽음이 오는 것이 아니라, 삶 속에 이미 죽음이 깃
들어 있다. 하루를 산다는 것은 하루만큼 죽음을 향해 간다는
의미이다. 그리하여 커다란 죽음이라는 강물로 하루하루 우리

는 흘러들어 가고 있는 것이다. 그러면 죽음은 어디로 가는 걸까? 모든 죽음들은 새로운 탄생을 향해 나아가고 있다. 돌고 도는 '생사윤회' 속에서 살고 또 죽는 것이다.

이와 같은 관점에서 본다면, 시인의 담담한 시적 진술과도 같이, 이승과 저승 모두 가랑잎 한 장의 무게일 뿐이다. 그러므로 우리 모두 가랑잎 한 장뿐이 안 되는 삶 속에서 아옹다옹 서로가 서로를 미워하고 질투하며 살아가는 셈이다. '화장장' 앞에서 이러한 깨달음의 순간을 맞이하고, 시인은 이 깨달음의 순간을 매우 간결한 시적 언어로 노래하고 있다.

이러한 삶과 죽음, 이승과 저승에의 깨달음은 다음과 같은 작품으로 이어진다.

저 꽃잎 다시 지고 다시 피네
저 단풍 다시 들고 다시 지네

아무 일도 일어나지 않았다는 듯이
아무 일도 없었다는 듯이

저 꽃잎 다시 오고 다시 가네
저 단풍 다시 오고 다시 가네
　-「다시 오고 다시 가고」 전문

이승과 저승이라는 이분법적인 사고에 갇혀서 삶과 죽음을 바라본다면, 어쩌면 살아 있는 현재의 우리는 '죽음'이라는 미래로 인하여 그 삶이 자유롭지 못할 것이다. 그러나 우리네 삶은 그러한 이분법에 갇혀 사는 것만이 아니다. 죽음이 앞에 있으므로, 역설적이게도 살아 있는 오늘이 더욱 소중한 것이 된다.

유준화 시인은 이러한 이분법적인 삶과 죽음의 문제에서 한 걸음 더 나아가, 삶은 늘 죽음을 동반하듯이 죽음 역시 삶을 동반하고 있음을 노래하고 있다. 모든 것은 다시 오고 또 다시 가는 것이다. 즉 간 것은 오지 않는 것이 없고, 온 것은 가지 않는 것이 없다는 무왕불복의 이치를 유준화 시인은 노래하고 있다.

김소월은 「산유화」에서 "갈 봄 여름 없이 꽃이 피네" "갈 봄 여름 없이 꽃이 지네"라고 노래하고 있다. 산에는 가을 봄 여름 할 것도 없이 온갖 꽃이 피고는 또 지고 한다는 이야기이다. 꽃이 피고 지므로, 저만치 꽃이 피고 지므로, 이러한 자연의 모습이 있으므로 산은 산으로서의 모습을 지니게 되는 것이고, 그러므로 산에서 우는 작은 새도 이러한 자연의 이법 속에서 가장 자연스럽게 살아간다는 시적 의미를 지닌다.

이러한 김소월의 「산유화」와는 다르게 유준화 시인은 늘 봄마다 저 꽃들은 다시 지고 다시 핀다고 노래하고 있다. 꽃뿐만 아니라, 가을의 단풍도 가을마다 다시 들고 다시 진다고 노래하고 있다. 이는 자연의 한 현상이다. 그러나 시인은 이 자연의 한 현상에 그치는 것이 아니라, 이 모든 것이 "아무 일도 일어나지 않았다는 듯이/ 아무 일도 없었다는 듯이" 일어나고 있음을 강조하고 있다. 이 시에서 강조되는 '다시', '다시 지고 다시 피는' 이 엄연한 이치를 '아무 일도 없다는 듯'이 행하고 있는 자연의 섭리가 얼마나 위대한가를 시인은 새삼 깊이 체득하고 있는 것이다.

그러므로 이 자연 속에서, 일컫는바 존귀하다고 여겨지는 사람이나, 하찮게 여겨지는 미물이나, 실은 모두 그 생명은 한가지로 소중하다는 깨달음을 시인은 새삼 한다.

새벽 운동을 나가 운동 삼아 학교 계단을 오르는데
육십 대 초반의 아주머니 두 분이
계단에서 두 발을 펄쩍펄쩍 구르고 있다
"어머 어머 그놈 엄청 빠르네"
"새끼까지 등에 업고 있네"
태풍이 몰아치듯 한바탕 밟아 죽이는 살육을 끝내고
키득키득 웃으며 계단을 오르는 아주머니들
"그 댁 따님은 아기가 백일이라며 엄청 귀엽지요?"
"예, 그 댁 며느리도 다음 달이 산달이라지요?"
"예, 순산해야 할 텐데~"

그 계단에서는
아무 일도 없었다는 듯 웃음소리만 흘렀다
　－「그 계단에서는」 전문

　아침 산책길에서 우연히 만난 일이 이 시의 소재가 된다. '우연히' 만났다는 의미는 늘 있는 일이며, 어디에서고 언제고 흔히 볼 수 있는 일이라는 의미이다. 새끼를 등에 업고 기어가는 곤충을 아무렇지도 않게 밟아 죽이는 모습, 그러고는 천연히 자신의 딸이나 며느리가 이내 출산을 할 것이라고 대화를 하는 모습, 아무 일도 없었다는 듯이 흘리는 웃음 등 이 시는 이러한 세 장면으로 되어 있다.

　이 세 개의 장면은 언제 어디에서고 흔히 볼 수 있는 모습이다. 그러나 이 세 개의 장면이 이 시에서와 같이, 하나로 연속이 되므로, 얼마나 우리가 다른 생명에 관하여 대수롭지 않게 생각하거나 무관심하게 여기며 살아왔는가를 새삼 자각하게 한다. 시라는 예술은 한 터득의 순간을 노래하는 것이면서 이 터득을 통해 읽는 독자들로 하여금 새롭게 자신을 돌아보게 하는 것이기도 하다.

　연천봉이 보이는 지장전 뒷마당
　잡초 무성하고 경사진 석축 사이로

검은 상복을 입고 줄을 지어가며 개미들이 간다

베짱이 시체 하나를 운구 중이다

상두꾼 소리는 요령 소리를 타고 땅를 치는데

법당에서는 스님이 목청을 높여

지장보살, 지장보살님을 부른다

지장전 처마 끝에 흰 구름 한 덩어리

연천봉에 앉는 중이다

고맙습니다

잘 살다 갑니다

베짱이 한 마리가 극락 가는 중이다

　　　　－「운구」전문

　지장전地藏殿은 지장보살地藏菩薩을 모신 법당이다. 지장보살은 잘 아는 바와 같이 불교의 큰 보살로, 중생의 구원자로서, 지옥으로 떨어지는 사자死者의 영혼을 모두 구제한 후에 스스로 부처가 될 것을 서원誓願한 보살이다. 그러니 사실 부처가 되는 것보다는 사자를 구제하는 것을 더욱 중요한 업으로 여기는 보살 아니겠는가.

　이런 지장전 옆 잡초 우거진 경사진 석축 사이로 개미들이 죽은 베짱이 시체를 하나 끌고 가고 있다. 실은 그 개미들이 죽은 베짱이를 먹잇감으로 옮겨 가는 중이다. 그러나 비록 미물인 개미일망정 지장전 옆을 지나는데, 모든 사자의 영혼을 구한다는 지장보살을 모신 지장전 옆을 지나가는데, 어디 베짱이를 다만 먹잇감으로만 여겼겠는가. 법당에서는 스님이 중생을 깨우친다는 목탁을 치며, 지장보살, 지장보살님을 부르고 있는데 말이다.

지장보살의 서원과도 같이 미물인 베짱이는 미물인 개미들의 운구를 받으며 지금 극락으로 가는 길이다. 마치 지장전 처마 끝에 흰 구름 한 덩어리가 멀리 보이는 연천봉에 내려앉듯이, 그리하여 사바의 세상을 지그시 내려 보듯이, 베짱이는 지장보살의 서원에 의하여 극락으로 가고 있는 중이다.

사람들이 흔히 미물이라고 일컫는 존재일망정, 부처님의 자비 속에서는 모두 같고 또 소중하다는 깨달음을 시인은 하고 있는 것이다. 이러한 이분화를 뛰어넘는 깨달음이 궁극에는 자신이 한 마리의 벌레나 다름이 없다는 자각을 하게 만든다.

나는 벌레였다
참나무 가지에 사는 자벌레였다
참나무 가지는 갑사 천왕문 옆에 있었다
별빛과 달빛과
지나가는 바람이 쉬어 가는 집에서
나뭇잎과 이슬로 배를 채우는

벌레였다
올려놓을 것도 내려놓을 것도 없는
벌레가 되었으면 어떠랴, 그랬다

뻘건 대낮에
낮잠 한번 곤하게 자고 깨니
한바탕 꿈이었다
　－「꿈속에서」전문

　꿈인지 현실인지 참으로 알 수 없었다는 내용의 우언寓言으로 유명한 것이 장자莊子의 호접몽胡蝶夢이다. 위 시는 낮잠 한번 곤하게 드니 자신이 한 마리 자벌레가 되어 기어 다녔다는 이야기이다. 나뭇잎과 이슬로 배를 채우고 참으로 마음 편하게 사는, 그리고 "올려놓을 것도 내려놓을 것도 없는/ 벌레가 되었으면 어떠랴"라고 시인은 일갈一喝을 한다.
　매일같이 일찍 일어나 서둘러 아침을 먹고 바쁘게 출근을 해서 업무에 하루 종일 시달리며 지내다가 퇴근 후 동료들과 어울려 소주라도 한잔하고 지친 몸으로 돌아오는 집, 이 집이 꿈속에서, 갑사 천왕문 옆, 사천왕이 부리부리한 눈과 우락부락한 모습으로 사찰에 들어가는 중생을 바라보는 그 천왕문 옆, 참나무 가지에 있는 집으로 바뀌었다. 사천왕의 부리부리하고 우락부락한 모습과 같은 직장과 사회를 살아가지만, 그 집은 별빛과 달빛과 지나가는 바람이 쉬어 가는 집이다. 그러니 "벌레가 되었으면 어떠랴"라고 시인은 노래한다.

꿈과 현실, 이승과 저승, 죽음과 삶, 지존至尊과 미물微物 등의 이분화된 세상을 거부하고 모두가 함께 어우러져 살아가는 이화理化의 세상을 꿈꾸는 시인의 모습이 불교적 깨달음과 함께 시에 고스란히 담겨 있음을 볼 수가 있다.

3

시인의 불교적 깨달음은 단순히 정신적 사유나 관념에 머물지 않고, 자신의 실질적인 삶, 생활 속으로 그 뿌리를 뻗치고 있음을 볼 수 있다. 이의 가장 구체적인 모습이 가족과의 문제, 가족과 이어지는 삶이다.

네가 나에게 꽃이 되어 왔듯이
나도 너에게 꽃이 되어 있고 싶다

칠십 년 만에 만난 우리 손녀

네가 나에게 꽃이 되어 왔듯이
나도 너에게 꽃이 되어 남고 싶다
　　－「꽃길」전문

　가장 아름다운 사물 중 하나가 '꽃'이다. 칠십이 되어서 얻은 손녀는 그래서 '꽃'이다. 아니, 꽃 중에서도 가장 아름다운, 무엇에 비교할 수 없는 '꽃'이다. 손녀를 얻은 것을 "네가 나에게 꽃이 되어 왔"다고 노래한다. 이 '왔다'라는 동사에는 불교적 연기緣起가 담겨 있다. 그래서 이 세상에서 가장 아름다운 꽃인 손녀는 참으로 깊은 인연과 함께 '나'에게 온 것이다. 그래서 할아버지는 그 연기緣紀로 "나도 너에게 꽃이 되어 남고 싶다"라고 토로한다.

　매우 간결하고 짧은 시 작품이지만, 내면의 깊은 의미와 함께 가슴을 울리는 진정함으로 꽉 찬 시임을 알 수가 있다. 사랑과 기쁨과 환희 등으로 가득한 모습을 짧은 몇 행에서 읽어내게 하는 작품이다.

　이런 손녀에 대한 간결하며 강렬한 사랑의 시가 또 한 편 눈에 띈다.

젊었을 때는 몰랐네
짝사랑이 이렇게 좋은 줄을

비록 두 행이라는 아주 짧은 시 작품이지만, 이 작품에는 극히 절제된 시적 진실이 담겨 있다. '사랑'이니, '짝사랑'이니 하면, 흔히 젊어서 갖는 남녀 간의 문제로만 생각하기가 쉽다. 그러나 할아버지의 손녀에 대한 사랑은 그야말로 진정한 '짝사랑'이 아닐 수 없다.

흔히 짝사랑은 힘들고 또 마음의 상처를 받는 것이라고 이야기한다. 이는 젊은 남녀 사이에서의 일일 뿐이다. 할아버지가 손녀에게 가지게 되는 짝사랑은 진정한 기쁨이다. 그래서 시인은 "짝사랑이 이렇게 좋은 줄을" 젊었을 때는 진정 몰랐다고 토로한다. 이러한 토로 속에 한 인간의 진정성이 물씬 묻어나고 있는 것이다.

이런 모습은 가족 모두에게 역시 마찬가지로 나타난다.

자고 일어나니

놀란 토끼 귀처럼
청설모 머리처럼 일어난 머리
부스스한
그것도 예쁘다고

마주 보고 웃고 있는 우리

지지고 볶고
무덤덤하다가도

안 보이면 애타게 찾고 있는 우리
　－「가족」 전문

'가족'끼리는 웬만한 것은 흉이 되지를 않는다. 부스스한 모
습과 잠옷 차림으로 실내를 돌아다녀도, 그래도 그저 용서가
되고, 봐줄 만한 사이가 바로 가족이다. 흉허물이 없는 사이는
가족 아니면 어렵다. 그만큼 가족은 이 세상에서 가장 가까운
사이가 아니겠는가.

　그래서 "지지고 볶고/ 무덤덤하다가도// 안 보이면 애타게
찾고 있는" 사이가 가족이다. 천생연분天生緣分인 하늘이 맺어
준 부부가 되기 위해서는, 불교에서는 1,000생의 인연이 있
어야 한다고 한다. 그래서 천생연분의 '천'을 '하늘 천天'을 쓰
지 않고 '일천 천千'을 써서 천생연분千生緣分이라고도 한다. 그
1,000생의 인연인 부부로 만나 이룬 가족이니 어떻겠는가.

　불교적 인연은 부부와 이 부부를 근간으로 하는 가족의 문제

로 확대된다. 그러나 유준화 시인은 다만 가족의 문제에서 그치지 않고 사람과 사람과의 관계, 곧 사회적인 문제, 나아가 사람과 다른 존재와의 문제로 확대하고 있음을 볼 수가 있다.

4

불교 화엄의 세계에서 궁극적인 것은 일즉다一卽多, 곧 '하나가 곧 만물이다'라는 가르침이며, 다즉일多卽一, 곧 '만물은 곧 하나이다'라는 가르침이다. 이러한 정신이 함의하고 있는 것은 우주 만물이 서로 대립하지 않고 서로 융합하여 무한하면서도 밀접한 관계를 유지한다는 것이다. 이는 다시 말해서 나의 에고를 떠나, '나와 너'라는 상대가 아니라, 모두 '우리'라는 대승적大乘的 의미를 지닌다.

이와 같은 불교적 세계에 깊이 침잠한 유준화 시인은 그의 시에서도 이러한 세계를 그대로 견지하고 있음을 볼 수가 있다.

연녹색 잎들이 눈트기 시작한 날
묵정밭을 가꾼다고
육철낫으로 잡목의 밑동을 쳤다
잘려 나간 밑동에서 울컥울컥 치솟는 수액

올라가지 못하고

꽃 피우지 못하는 서러움이 울컥울컥

땅에 흥건하게 고인다

그런 적 있었지

승진에서 누락된 날 아내 몰래 퍼마신 술

울컥울컥 땅에 흘렸지

어쩌다 어쩌다 세월 가고 보니

밑동을 친 그도

잘려 나갔던 나도

잘못 앉았던 자리에서 피우지 못한

서럽게 고왔던 한 송이 꽃이었다

소중한 젊은 날

돌아보니 꽃길이구나

　－「울컥」전문

　'울컥'은 격한 감정의 노정이다. 그간 참았던 서러움이 터지
는 순간을 의미하기도 한다. 묵정밭을 가꾸다가 밑동을 쳐낸
잡목에서 울컥울컥 수액이 솟아올랐다. 이런 모습을 보며 시인
은 지난 시절 승진에서 누락된 날, 아내 몰래 술을 퍼마시고 울
컥울컥 땅에 흘린 그 아픔, 슬픔을 떠올린다.

　그래서 "밑동을 친 그도/ 잘려 나갔던 나도/ 잘못 앉았던 자

리에서 피우지 못한/ 서럽게 고왔던 한 송이 꽃이었다"라고 술회한다. 잘린 밑동으로 인하여 수액을 울컥이며 쏟아내는 잡목이나, 지난날 승진에 누락이 되어 술을 마시고 울컥이던 자신이나 동일시되는, 그러므로 그 아픔이, 그 슬픔이 모두 한가지라는 터득이 이 시의 기조를 이루고 있음을 볼 수가 있다.

　너 허공에 매달린 적 있니?
　너 허공에서 밥 찾은 적 있니?
　너 허공에서 두 손 모아 기다린 적 있니?
　아무 곳에도 발 딛고 설 수 없을 때
　허공에 줄 매달 수밖에 없더라

　너 개떡 같다고 징징대지 마라
　너 사바나의 가젤같이 살아본 적 있니?
　너 코로나가 창궐하는 세상에서 살고 있니?
　그냥, 죽자 살자 매달려서 참고 사는 것이다
　아차! 하면 너나 나나 바닥에 떨어진다는 것이다
　　－「거미와 나」 전문

　서양의 어느 철학자는 어느 날 문득 허공에 매달려 있는 거미를 보고, 인간은 저 천공을 향해 올라가려고 바동거리는 '중

간자'임을 깨달았다고 한다. 유준화 시인은 허공에 매달린 '거미'를 바라보며, 그 '허공' 같은 현실에 매달려 바둥거리는 자신을 발견한다. 엄밀히 말해서 우리네 삶이라는 것이 바로 이런 것 아니겠는가. 100년 안팎이라는 시간을 살면서 별의별 일을 다 겪으면서, 자신을 붙들어줄 무엇도 없는 현실 속에서, 아등바등 살아가는 것이 인생이 아닐 수 없다. 그러므로 저 허공에 매달린 거미나 우리 인간이나 무엇이 다르겠는가, 라고 시인은 생각한다.

이 이승의 삶이라는 것은 어쩔 수 없이 인과의 법칙에 의하여 생로병사生老病死로 얽힌 고해苦海이다. 그러니 "너 개떡 같다고 징징대지 마라"라고 엄정히 꾸짖는다. 사바나라는 열대에서 사나운 들짐승들에게 쫓기는 삶을 사는 가젤과도 같이 살아보았느냐고 힐난한다. 또 요즘과 같이 모두 마스크를 쓰고 살아야 하는 "코로나가 창궐하는 세상에서 살고 있니?"라며 되묻는다. 그러니 이승의 삶이 힘들고 어려워도 "그냥, 죽자 살자 매달려서 참고 사는 것"이라고 이야기하고 있다. 어쩔 수 없이 인과에 의한 생로병사의 고해를 헤치며 살아가는 것이라고 노래하고 있다. '거미나 나나' 이 세상의 모든 것은 이 삶을 견디며 살아가야 하는, 같은 존재임을 시인은 이렇듯 절감하고 있는 것이다.

5

   시는, 예술은 엄밀한 의미에서 깨달음의 산물이다. 삶이나 사물에 관하여 자신만의 터득이 없다면 우리는 한 편의 시도, 한 편의 예술도 이루지 못한다. 유준화 시인은 이러한 자신만의 터득의 세계를 시라는 예술로 승화시키고 있다.

   특히 불교적 깨달음을 바탕으로 자신과 사물, 그리고 삶과 죽음을 바라본다. 이러한 삶과 사물, 이승과 저승, 생과 사에의 이분화를 뛰어넘는 관조적 성찰이 언어의 옷을 입고 한 편의 시로 탄생한다. 매우 간결하며 압축된 언어로 승화된다.

   이러한 깨달음과 언어로 점철된 아흔 편에 이르는 시편들, 이들이 모여 소중한 시집으로 다시 태어난다. 태어남의 그 기쁨을 함께한다.